T0182553

Quinoterapia

Quinoterapia

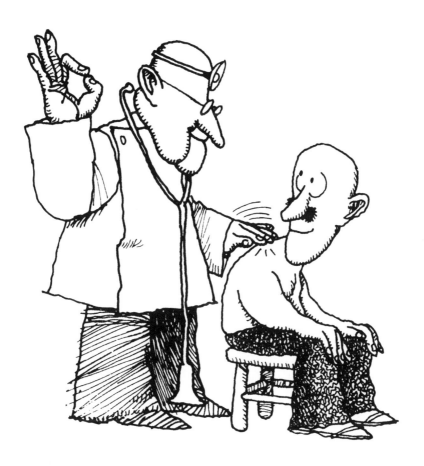

Lumen

Penguin
Random House
Grupo Editorial

Quinoterapia

Primera edición: junio de 2015
Segunda edición: diciembre de 2023

D. R. © 1985, sucesores de Joaquín Salvador Lavado (Quino)

D. R. © 2023, derechos de edición exclusivos para México
y no exclusivos para Estados Unidos, Puerto Rico y todos los países de Centroamérica
Penguin Random House Grupo Editorial, S. A. de C. V.
Blvd. Miguel de Cervantes Saavedra núm. 301, 1er piso,
colonia Granada, alcaldía Miguel Hidalgo, C. P. 11520,
Ciudad de México

penguinlibros.com

ISBN: 978-607-384-039-2

Impreso en México – *Printed in Mexico*

Se terminó de imprimir en los talleres de Litográfica Ingramex S.A de C.V.,
Centeno 162-1, Col. Granjas Esmeralda, C.P. 09810, Ciudad de México

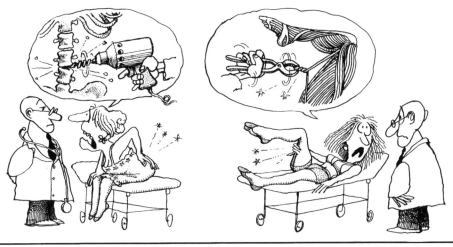

UNA COSA LE ADVIERTO, DR: LLEGA UD.
A DESCUBRIRME ALGO GRAVE.....
¡TENDRÁ QUE VÉRSELAS CON
MIS ABOGADOS!

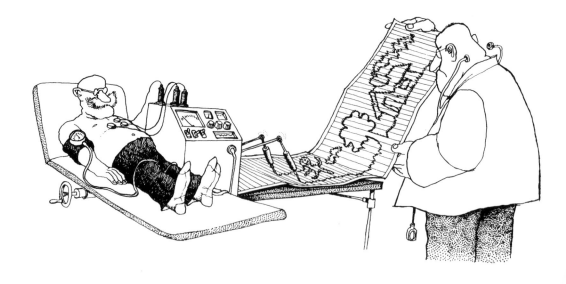

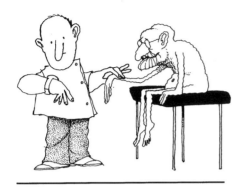

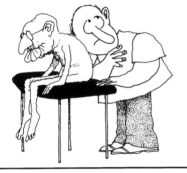

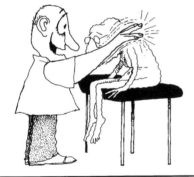

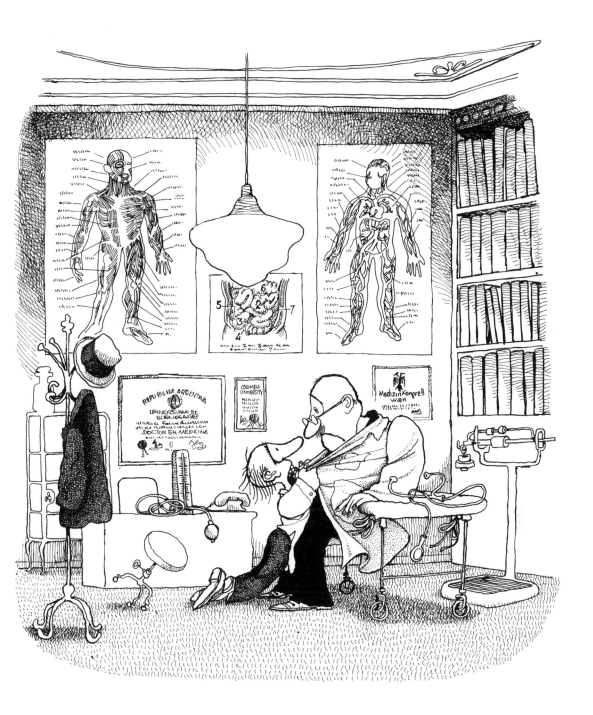

—¡ POR TERRIBLE QUE SEA QUIERO SABER LA VERDAD, DOCTOR: ¿SER UN SER HUMANO ES UNA ENFERMEDAD INCURABLE?

20

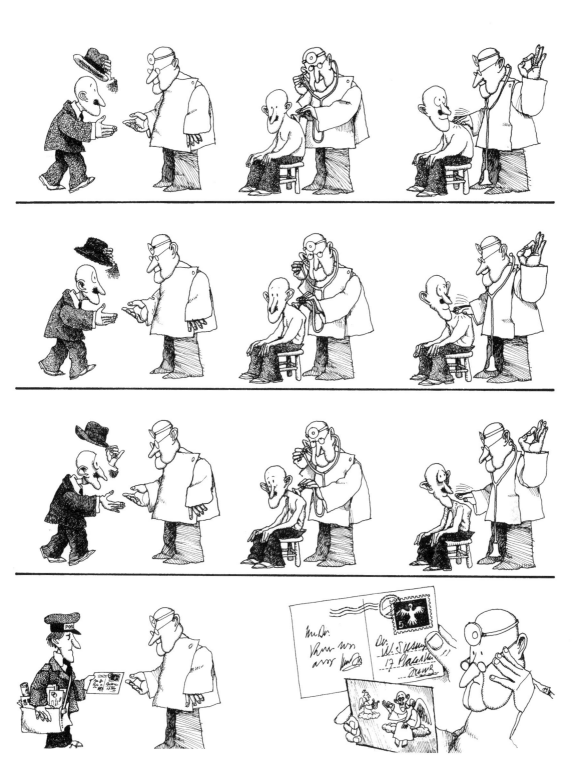

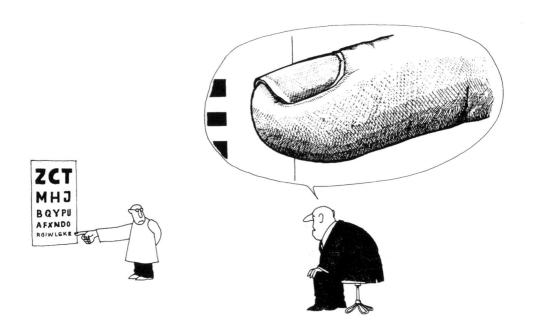

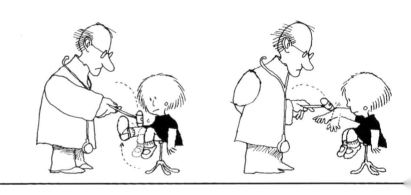

28

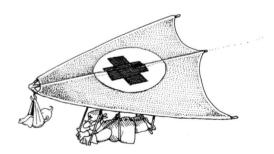

— .....Y ENTONCES, AQUÉLLA SEMILLITA CHIQUITIIIIIITA, CHIQUITIIIIIIITA
QUE PAPÁ HABÍA PUESTO EN LA BARRIGUITA DE MAMÁ......

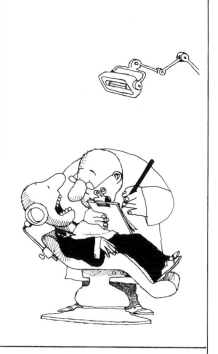

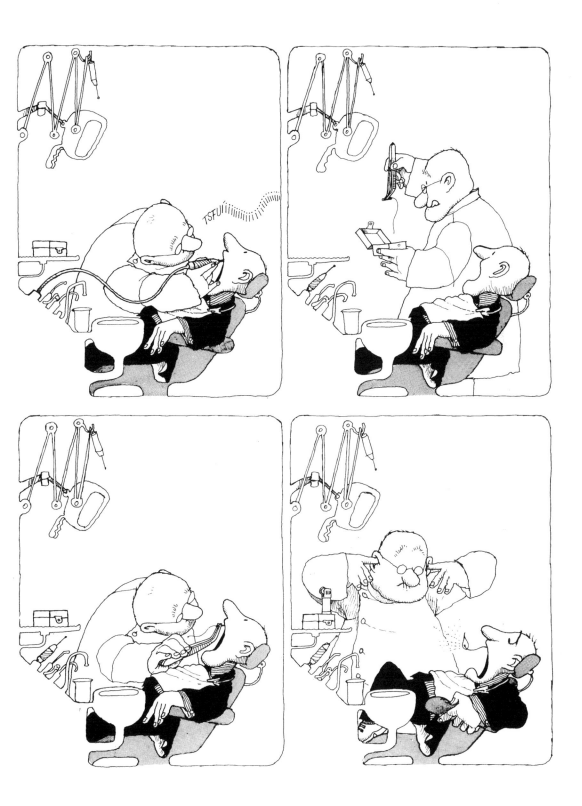

36

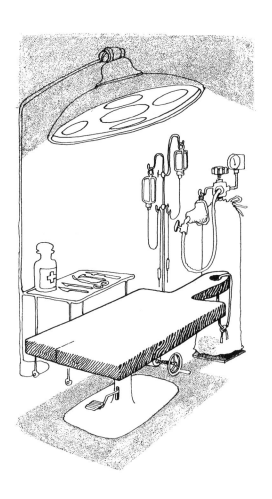

44

51

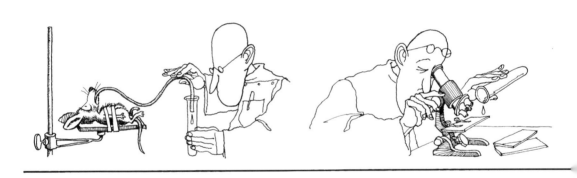

53

59

...MIS PADRES NO ME COMPRENDÍAN. Y NUNCA ME CREYERON CUANDO YO DECÍA QUE IBA A SER ESTRELLA DE CINE Y QUE HARÍA MUCHAS PELÍCULAS Y QUE IRÍA A FESTIVALES Y.....

61

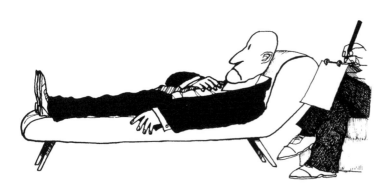

Joaquín Lavado nació el 17 de julio de 1932 en Mendoza (Argentina) en el seno de una familia de emigrantes andaluces. Descubrió su vocación como dibujante a los tres años. Por esas fechas ya lo empezaron a llamar **Quino**. En 1954 publica su primera página de chistes en el semanario bonaerense *Esto Es*. En 1964, su personaje Mafalda comienza a aparecer con regularidad en el semanario *Primera Plana*. El éxito de sus historietas le brinda la oportunidad de publicar en el diario nacional *El Mundo* y será el detonante del boom editorial que se extenderá por todos los países de lengua castellana. Tras la desaparición de *El Mundo* y un año de ausencia, Mafalda regresa a la prensa en 1968 gracias al semanario *Siete Días* y en 1970 llega a España de la mano de Esther Tusquets y de la editorial Lumen. En 1973, Mafalda y sus amigos se despiden para siempre de sus lectores. En México, Lumen ha publicado los doce tomos recopilatorios de viñetas de *Mafalda*, y también en un único volumen —*Mafalda. Todas las tiras*—. En 2019 vio la luz la recopilación en torno al feminismo *Mafalda. Femenino singular*; en 2020, *Mafalda. En esta familia no hay jefes*; en 2022, *El amor según Mafalda*; en 2021, *La filosofía de Mafalda* y en 2024 se publicará *Mafalda presidenta*. También han aparecido en Lumen los dieciséis libros de viñetas humorísticas del dibujante, entre los que destacan *Mundo Quino* (2014), *Quinoterapia* (2015) y *Simplemente Quino* (2016).

Quino ha logrado tener una gran repercusión en todo el mundo, se han instalado esculturas de Mafalda en Buenos Aires, Oviedo y Mendoza, sus libros han sido traducidos a más de veinte lenguas y dialectos (los más recientes son el armenio, el búlgaro, el hebreo, el polaco y el guaraní), y ha sido galardonado con premios tan prestigiosos como el Príncipe de Asturias de Comunicación y Humanidades y el B'nai B'rith de Derechos Humanos. Quino murió en Mendoza el 30 de septiembre de 2020.